This book belongs to:

這本書屬於:

U0122475

醫院更多小夥伴

作者/插畫：李揚立之醫生　　Author/Illustrator: Dr Lucci Lugee Liyeung

序
foreword

醫院小夥伴出版了快半年，
萬分感謝各位對 Dr. Dumo 團隊的支持！
最令我開心的莫過於聽到家長們告訴我，
小朋友很喜歡看我的繪本，
對醫護人員的工作更了解，
而從此對醫院不再抗拒，
還要問我何時會出版續集呢！
今次創作了醫院更多小夥伴，
加入六位來自更多不同專科的新同事，
希望大家喜歡！

 http://dumo.art

 dumo.art

目錄
Table of Contents

家庭科部門
department of family medicine

大家好，我是悦悦，今年九歲。

很多人都叫我做陽光女孩，

因為我最喜歡享受陽光！

而我最喜歡的戶外活動
就是到郊外遠足！

努力不放棄而到達目的地，
這個感覺太令我滿足了！

上到山頂景色很宜人啊，
辛苦都是值得！

可是……
我的腳板近來走得久就會很痛哦……

好，應該是因為我的腳長大了，
所以買了新鞋子，買了行山杖。
今次爸爸説我們要走很遠的路，
因為我們一家人去露營！

可是走得不夠一半，
我的腳又開始很痛了，
我哭着說，我不能繼續走了。
爸爸惟有背我下山，
大家也一起回家去，真掃興！

媽媽帶了我去見老虎家庭科醫生 Dr. Tira。

Dr. Tira 是我自小看的家庭醫生。

她一向都很了解我情況的，

無論有甚麼不舒服我都會去找 Dr. Tira 喔！

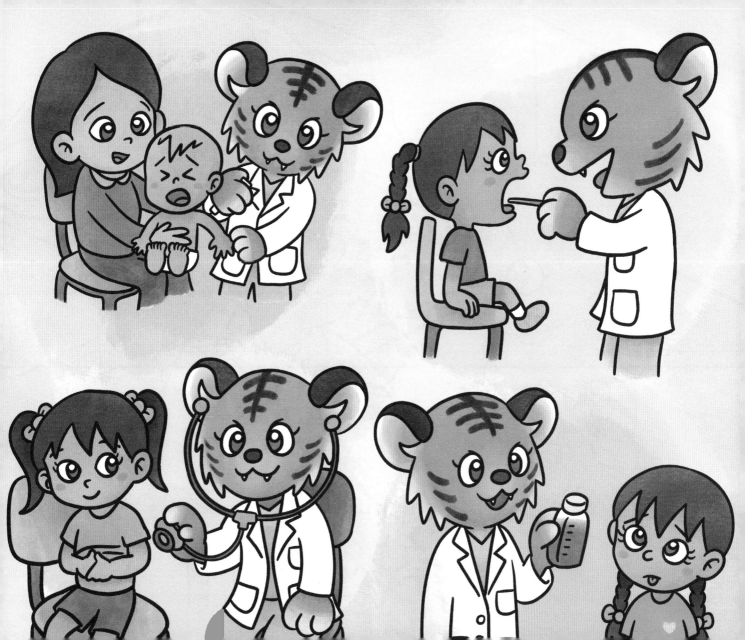

Dr. Tira 為我雙腳做了全面檢查，
還叫我用腳尖站着給她看。
她告訴我，其實我有扁平足。

嬰兒一出世都有扁平足的，
因為腳板底還有很多脂肪。

可是有些人過了這個年紀，
足弓尚未完全形成，
他們會較易感到疼痛。

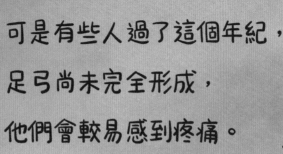

足弓的功能為承托身體的重量，
並於二至八歲期間漸漸發育完成。

Dr. Tira 教曉我一些
訓練腳部小肌肉的運動，
例如用腳趾抓起地上的一條毛巾。
她還建議我定時為腳後跟拉筋。

她介紹我們去見獵豹骨科醫生 Dr. Dumo 給予我們更多不同意見。

Dr. Dumo 為我檢查後，叫我來回走數遍給他看我的步姿。

Dr. Dumo 告訴我，扁平足分為硬性和軟性。硬性扁平足多數是骨骼上的問題。嚴重的有時需要動手術。

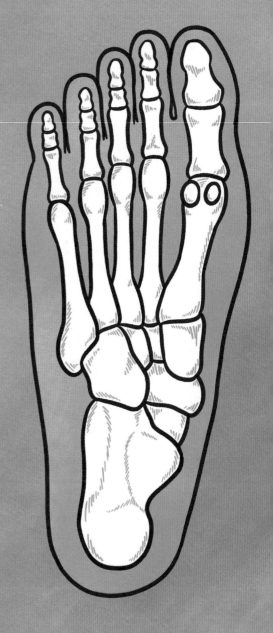

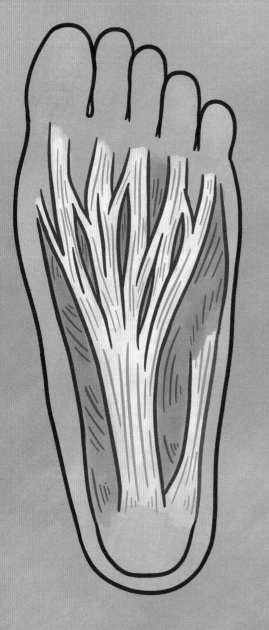

相反軟性扁平足都是腳底筋腱上的問題。兩者的分別在於當用腳尖站立時，足弓會明顯出現的，便是軟性扁平足。

Dr. Dumo 建議我去找
水瀨義肢矯形師
為我度身訂造一對鞋墊。
他叫我踏上一塊透明板上，
評估我的腳形和壓力分佈。

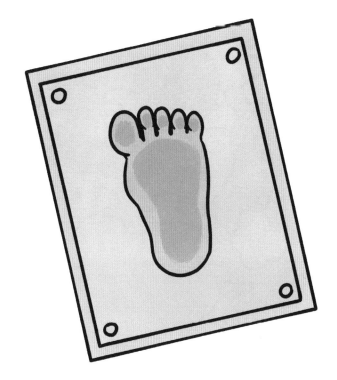

「難不到我的！」

水瀨義肢矯形師笑着說。

很快地，他便把我的鞋墊完成了！

果然穿上了鞋墊，
再配合勤力地每天做
腳部小肌肉運動和拉筋，
腳底並沒有以前般疼痛了！
在覆診的時候，
我給 Dr. Tira 和 Dr. Dumo
看了我的新鞋墊。
對於我症狀的改善，
他們也很高興呢！

明天我們再出發去露營了！

我興奮地執拾背囊，

因為我很有信心，

陽光女孩悅悅今次一定能夠順利走到終點！

到達營地後，
我們搭起了帳篷，
還準備好煮食爐
來烹調我們的晚餐。
經過全日，我雙腳都
沒有再痛了！

郊外晚上的星空多漂亮啊!

咦？那豈不是天狼星嗎？
噢！還見到獵戶座喔！

不要因為小小苦楚而放棄自己喜愛的事喑！
要不是我努力改善腳部的痛楚，
我也不能看見這麼漂亮的星空呢！

耳鼻喉科部門
department of otorhinolaryngology →

大家好，我是樂樂，今年七歲半。

爸爸媽媽叫我小園丁，

花草樹木都是我的好朋友。

我的家有個小花園，

你會經常見到我在那裏忙碌着照顧各式各樣的植物。

在學校，老師說我上課經常心不在焉發白日夢，

因為我在專心想着我的植物朋友，

所以聽不到她說話嘛！

課室有個植物角，都是我負責去打理的。

有時候，我會嘗試向同學解釋我對植物的知識，可是我咬字不清，經常引起同學的取笑。

說話又不清楚，成績又差，

這令我很缺乏自信，變得很孤僻。

媽媽帶了我去見土豚言語治療師，

嘗試醫治我說話發音的問題。

土豚言語治療師建議我們去見
駝鹿耳鼻喉科醫生 Dr. Mellow。
她為我做了全面的聽覺檢查。

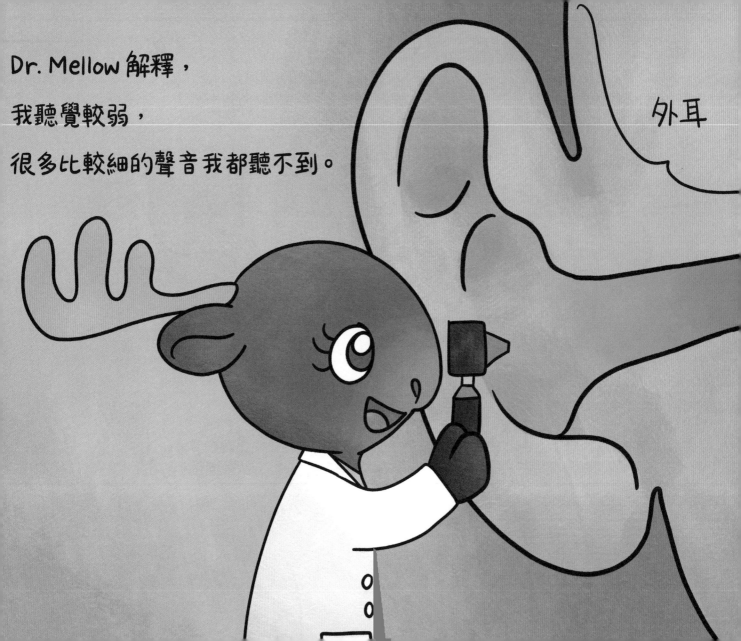

中耳

任何一個位置出現毛病都可以影響聽覺的。而且說話咬字不準確正是因為我本身聽不清楚正確發音啊。

內耳

人類耳朵的結構分為
外耳，中耳，內耳，
和接駁大腦的神經線。

所以我需要配戴助聽器啦！

嬰猴聽力專家

在我的耳朵做一個模，

度身製作一對專為我而設的助聽器。

去到公園，

我聽到小鳥清脆的歌聲！

還有小貓咪溫柔的叫聲！

噢，原來我以前錯過了這麼多美妙的聲音！

老師和同學們說話變得更清楚了！

老師教導的東西更加容易明白，

而我說話也變得更清晰。

我也更加勇於回答問題，

甚至有自信參加朗誦表演！

最開心的是，

同學們更想和我一起體驗種植的樂趣，

我們一起去參加了植樹日啊！

有些人像花草樹木， 未必很多說話，

但是如果願意細心聆聽他們的心聲，

了解一下他們的小故事，大家也可成為好朋友。

眼科部門
department of ophthalmology

大家好，我是琪琪，剛升小一。

我最喜歡繪畫了，自小都畫筆不離手，

為畫布和世界增添不少色彩。

美術老師還會定期替我在畫廊安排畫展，
令更多人見到我的畫作！

大家都很好，會給我寶貴的意見，
好讓我更努力去學習和繼續創作！

有一次，美術老師發現
我在繪畫時常常捽眼睛，
媽媽都覺得我寫字時
會把頭側向一邊，
有時還會單眼看書。

小一開學了！

我個子較高，

所以坐在最後一行，

可是……

我好像看不清楚黑板上的字喔。

那天我和隔壁的朗朗到公園玩耍，

不小心撞到右面額頭。

好痛呀！

可是碰撞時我明明見不到

有任何東西在我面前呢……

媽媽認為我視力應該出了問題，
所以帶了我去見浣熊眼科醫生 Dr. Viz。
他細心替我檢查雙眼。

Z
MEW
PURT
SOANK
YFQV

Dr. Viz 還測試了我的視力。

我要經一個有很多面鏡片的儀器

閱讀一堆英文字母，

而字母會越來越細小。

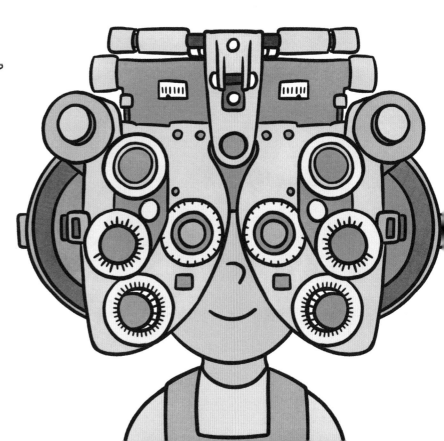

Dr. Viz 說這是懶惰眼。甚麼？眼睛也會懶惰的嗎？

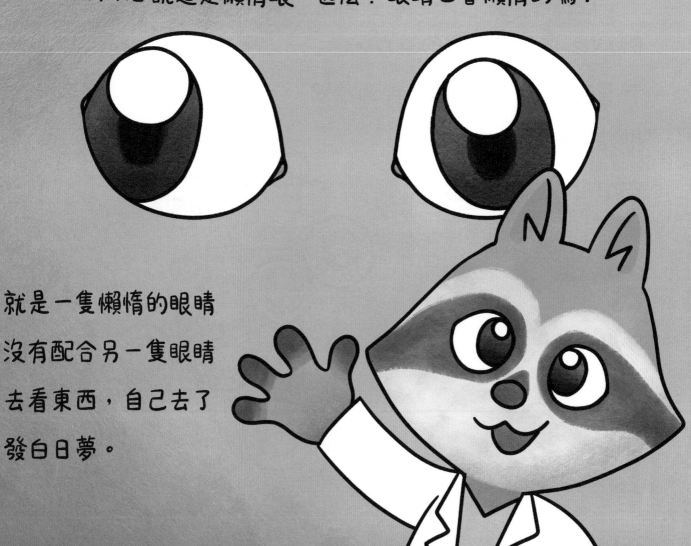

就是一隻懶惰的眼睛
沒有配合另一隻眼睛
去看東西，自己去了
發白日夢。

這個時候我們需要
遮着好眼睛，
好讓懶惰的眼睛
更努力去看東西。

因為我兩邊眼睛有不同程度的近視，

Dr. Viz 給我配了眼鏡，

還替我的好眼睛貼上膠布。

他建議我每天日間貼着膠布

至少六小時，即是上課時間也要貼着……

回到學校，

黑板明顯地變得比以前清楚了，

可是……

我覺得眼睛貼了膠布

令樣子很奇怪啊！

身邊的人都以奇怪的目光看着我，

我不喜歡這樣啊！

不要再望了！

回家後我急不及待把膠布撕了下來。

這個療程可不可以快點完結呀？

不過當吃晚飯的時候，

我突然間想到個好主意！

我回到房間，把張新的眼膠布當成了迷你畫布。

在上面畫了一幅色彩鮮艷的迷你畫作！

明天上學貼上這個一定很有型！

介紹一下我今次美術比賽的參賽作品，

材料是我過去一年以塑膠彩顏料點綴過的眼膠布，

希望透過這個作品，可以為其他病友增添色彩，帶來希望！

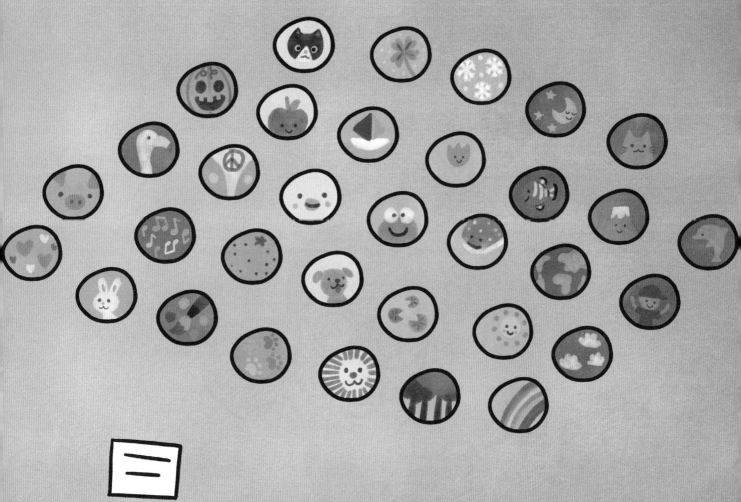

作品名字叫做「明晰的色彩」！

最後，我這個作品得獎了！

我發現，無論多麼看似令人煩惱的事，

只要利用一點點想像力，

就可以發掘出潛在的驚喜！

急症室
department of accidents and emergency

腦神經外科部門
department of neurosurgery

大家好，我是信信，今年十一歲。

我的最佳拍檔就是我這架碳纖維公路單車！

每逢天氣好的週末和假日，

我最喜歡和表兄弟姊妹們一起去單車徑踏單車。

我們的單車，

每一架都有自己不同特色，

每一架都是我們的好拍檔！

那天我和表妹琳琳踏到一個斜路頂，

我對她説，這裏衝落去應該很高速很刺激！

我們鬥快落到斜路底吧！出發！

怎料,接近斜路底有一堆碎石,

一個不小心,車輪撞到了石頭,

而我整個人和單車一起被撞飛了!

我跌下來撞到馬路上的石柱，
頭很痛唷！而單車也遭撞壞了！

「信信！！」

琳琳見狀馬上把她的單車放下，

轉身衝過來看我。

「信信！你沒事嗎？」

琳琳，我看得越來越不清楚了……

手腳也動不了……

「快點叫救護車！」

「小妹妹，見不見到你表哥怎麼受傷？」

咦？我好像聽到些大人在說話⋯⋯

「額頭流很多血呀！」

「還有呼吸和心跳，可是人沒有反應！」

「去醫院！快送他去醫院！」

唉……

嘩！這是甚麼地方？

你們是誰！

你們在做甚麼？

「喂，不要動！我們正在幫你！」

黑豹急症科醫生 Dr. Noche

告訴我這裏是急症室的創傷房。

他冷靜地主持大局，領導其他醫生一起替我急救。

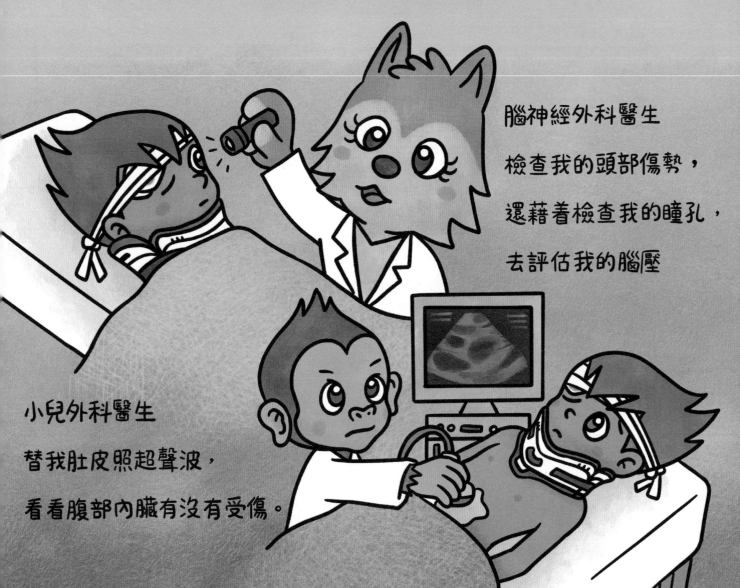

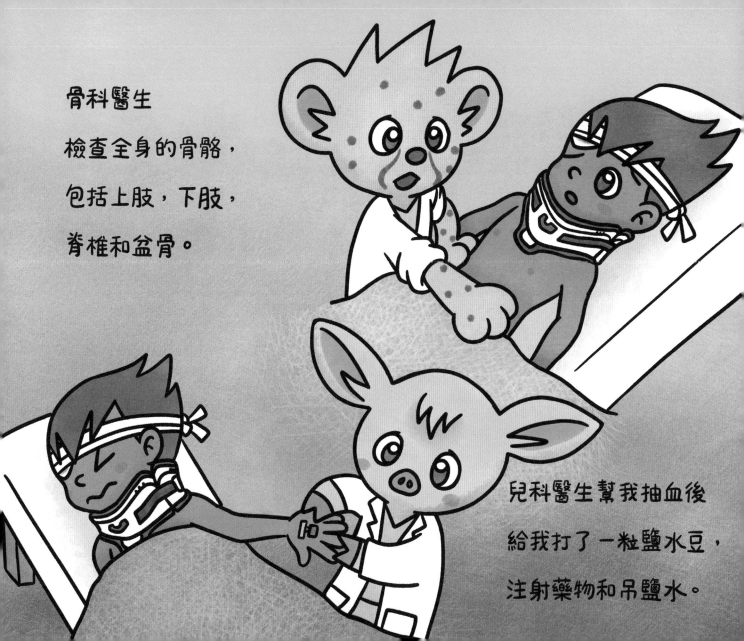

骨科醫生
檢查全身的骨骼，
包括上肢，下肢，
脊椎和盆骨。

兒科醫生幫我抽血後
給我打了一粒鹽水豆，
注射藥物和吊鹽水。

檢查完畢後，犀牛叔叔把我推去另一間房，

剛才的各位醫生又過到來了，

小心翼翼地把我搬過去另一張床。

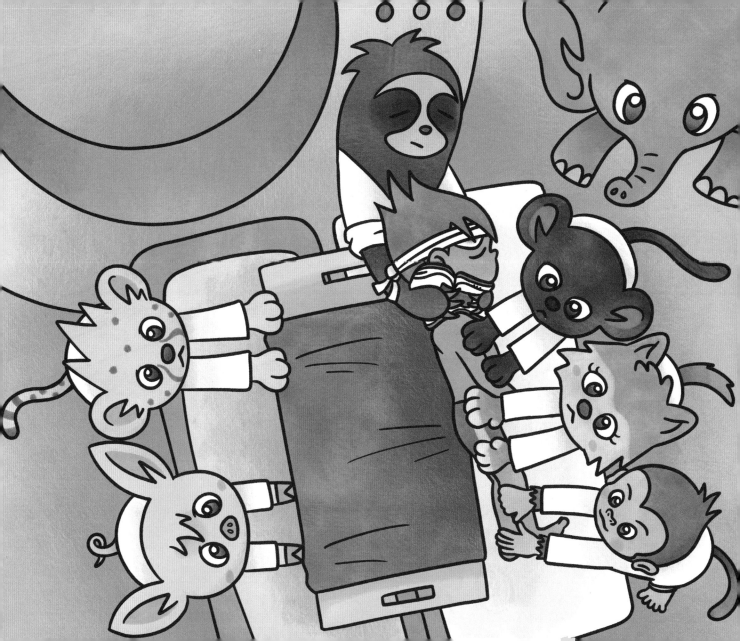

原來是照全身電腦掃描。

Dr. Noche 告訴我，主要問題是右邊額頭皮膚割傷。

不過大致上沒有嚴重內傷或骨折，

而頸托也可脫下來，舒服多了！

灰狼腦神經外科醫生 Dr. Greyleigh

對剛來到急症室找我的爸爸解釋我的傷勢。

因為額頭傷口頗大，需要入手術室縫針。

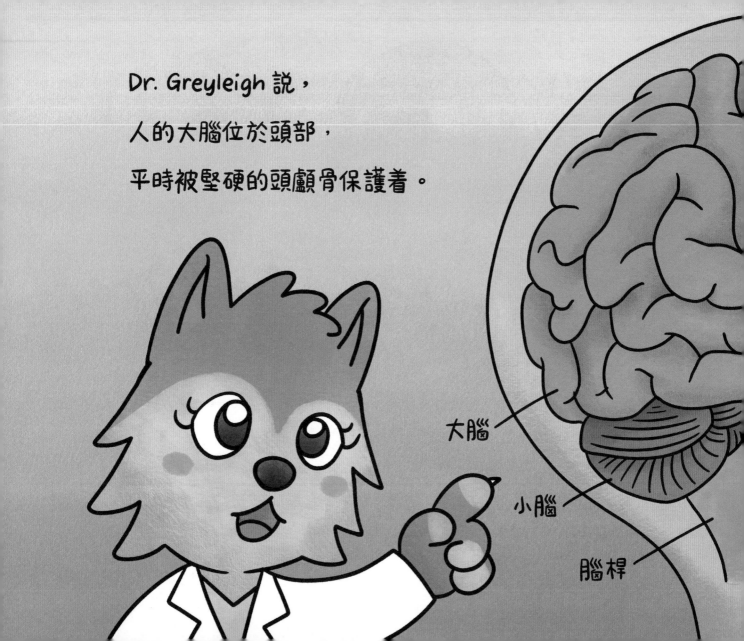

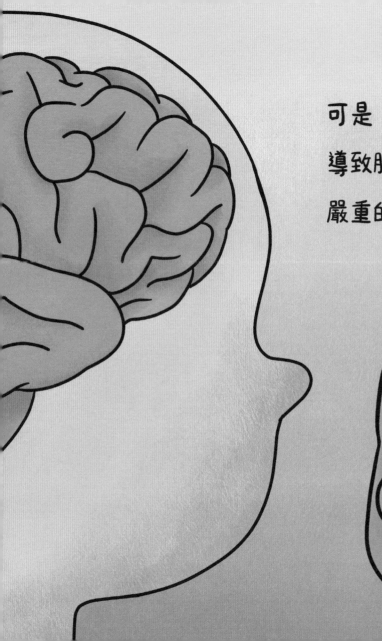

可是，如果受到猛烈衝擊，
導致腦腫脹或出血，腦壓便會上升。
嚴重的會造成生命危險！

入到手術室，

眾手術室同事包括麻醉科醫生，

手術室護士等迅速地為我

準備妥當並全身麻醉，

好讓 Dr. Greyleigh 為我傷口縫針。

當我甦醒時，

額頭只貼着一塊紗布。

在病房，白兔護士定時為我洗傷口，
保持傷口清潔。一點也不痛喔！
而我每天都跟駝羊物理治療師
一步一步地練習走路。
當有信心獨自走路時，我便可出院了！

康復後我馬上到了單車店，

除了買新單車，還買了個合適的頭盔。

以後踏單車出發前一定要做足安全檢查，

包括軟氣，煞車系統還有齒盤和鏈條等等。

大家都買了自己的頭盔，
每次踏單車都要配戴着。

只要做足安全措施，

踏單車變得更安全更好玩了！

上次踏單車沒有配戴頭盔，只有皮外傷是不幸中之大幸。

下次再受傷未必這麼幸運的了！

頭盔可以減輕受傷的嚴重程度，所以踏單車戴頭盔是必須的！

牙科部門
department of dentistry

大家好，我們是孿生兄妹正正和欣欣，
一樣是嗜甜的小孩子，最喜歡吃糖果！

在學校附近有間糖果店，

充滿着各式各樣色彩繽紛又好吃的糖果。

放學後我們最喜歡到那兒

慢慢選擇我們最愛吃的糖果！

做完功課後，我們兄妹倆便會捉一場象棋，
邊吃糖果邊捉棋有助思考喔！

睡覺前我們都會看一會兒書，
媽媽經常提醒我們去刷牙，
但有時我們會忘記去
便躺在床上睡着了。

有一天早上，

我們刷牙時發現流牙血，

而且牙齒開始感覺疼痛。

我們去了見海狸牙科醫生 Dr. Brownee。
他的診症室內有很多不同的儀器，
用作檢查我們的牙齒。
整個過程沒有我們想像中可怕呢！

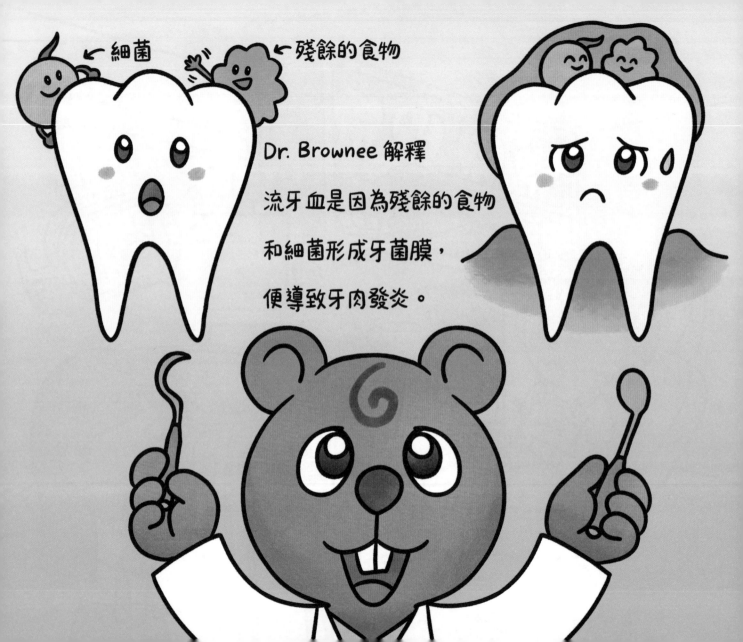

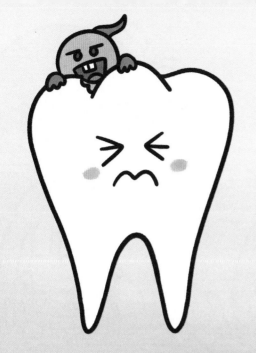

不刷牙清除它的話，
細菌會逐漸侵蝕牙齒
形成蛀牙，導致牙痛。
嚴重的會侵蝕至牙髓，
甚至令牙齒壞死。

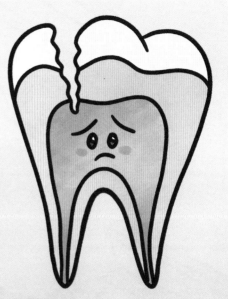

Dr. Brownee 替我們兩個補了牙，
之後教我們正確的刷牙方法，
還建議我們善用牙線和漱口水，
以清潔牙刷難以觸及的地方。

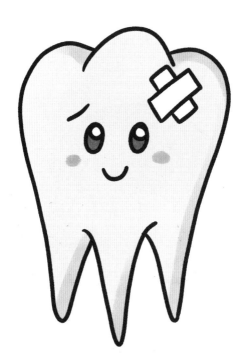

除了每晚記得刷牙之外，

我們還要減少吃甜食的次數，

而且吃東西後，如果不能馬上刷牙，

可以喝杯清水，沖走食物殘渣。

我們還是很喜歡我們的糖果店！

不過不會像以前般一次過買很多糖果了，

因為我們發現學校附近開了一間新的店舖啊！

是一間水果店！

有着各式各樣色彩繽紛的水果啊！

我們放學便過來買水果吃！

全部都很美味，令我們難以選擇呢！

其實水果都是很甜很好吃的!

比起糖果不但更有營養,

導致蛀牙的風險又相對較少。

我們還是多吃水果少吃糖果啦!

結
afterword

很高興只過半年又完成了新繪本！

今次繪畫這本續集，

花了的時間和心血並沒有比上一本少。

我仍然堅持每幅插畫都要用心去畫，

每一個字都要自己手寫。

很多謝大家再次由第一頁用心讀到這裏，

這就是令我繼續繪畫下去的動力！

二〇二一年六月

特別鳴謝
my heartfelt thanks to:

黃蘇晗醫生　（眼科醫生）

陳寶玲醫生　（耳鼻喉科醫生）

這繪本能夠順利完成
有賴各位給予的寶貴意見！
謝謝大家！

書　　名	醫院更多小夥伴
作者 / 插畫	李揚立之
責任編輯	郭坤輝
美術編輯	郭志民
出　　版	小天地出版社（天地圖書附屬公司）
	香港黃竹坑道46號新興工業大廈11樓（總寫字樓）
	電話：2528 3671　傳真：2865 2609
	香港灣仔莊士敦道30號地庫（門市部）
	電話：2865 0708　傳真：2861 1541
印　　刷	亨泰印刷有限公司
	柴灣利眾街27號德景工業大廈10字樓
	電話：2896 3687　傳真：2558 1902
發　　行	聯合新零售（香港）有限公司
	香港新界荃灣德士古道220-248號荃灣工業中心16樓
	電話：2150 2100　傳真：2407 3062
出版日期	2021年7月 / 初版・香港
	2022年6月 / 第二版・香港

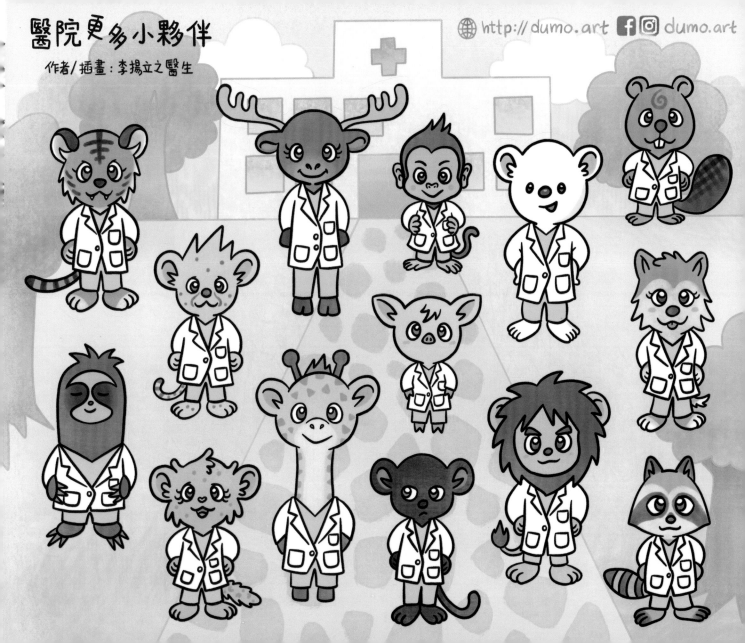